CW01260798

My Little Pony

Les ailes magiques

Licensed By:

HASBRO et son logo, MY LITTLE PONY et son logo ainsi que tous les personnages connexes sont des marques de commerce appartenant à HASBRO et sont utilisés avec leur permission.
© 2013 HASBRO. Tous droits réservés.

© Hachette Livre, 2013 pour la présente édition.
Novélisation : Katherine Quénot.
Conception graphique du roman : Audrey Thierry.

Hachette Livre, 43, quai de Grenelle, 75015 Paris.

Twilight Sparkle

Élevée à la cour de la princesse Célestia, Twilight est une licorne très sérieuse. Dotée de pouvoirs magiques, elle se sert de sa corne comme d'une baguette ! Mais son plus grand talent, c'est de savoir tirer parti des qualités de ses amies. Toujours plongée dans un livre, la licorne est connue pour son intelligence. Elle s'intéresse à tout, en particulier à la magie et à l'amitié... Ce n'est pas son ami Spike qui dirait le contraire !

Spike le dragon

Spike est l'assistant et le meilleur ami de Twilight. Dès qu'il le peut, il aide la licorne... autrement dit : souvent !

My Little Pony

Les ailes magiques

Hachette Jeunesse

Pinkie Pie

Pour Pinkie Pie, c'est tous les jours la fête ! On peut compter sur le poney le plus foufou d'Équestria pour mettre de l'ambiance. Elle n'arrête jamais de chanter, de faire des blagues et, bien sûr, de trouver une excuse pour organiser une fête. C'est normal, rien ne lui fait plus plaisir que le sourire de ses amies... sauf les bonbons !

Applejack

Pas de doute, Applejack a les sabots sur terre ! Elle peut rivaliser avec les meilleurs cow-boys au lasso. Comme elle travaille dans les champs, elle se moque de son apparence. Le plus important, c'est qu'elle est très raisonnable, ce qui impressionne ses amies !

Rarity

À Ponyville, Rarity est la reine de la mode ! Normal : c'est une licorne aussi belle que coquette. Ce que Rarity déteste le plus, c'est se salir. Elle adorerait tout relooker : la ville, la nature, et surtout les poneys d'Équestria ! Heureusement, ses amies savent qu'elle est aussi belle à l'intérieur qu'à l'extérieur.

Fluttershy

Fluttershy est tout simplement adorable ! Le poney ailé passe ses journées à prendre soin des animaux qui l'entourent. Ce qui explique pourquoi elle est si timide ! Mais quand il faut protéger ses amies, ni une ni deux, elle sort de sa coquille !

Rainbow Dash

Rainbow Dash est une véritable fusée ! Le poney ailé traverse les nuages à toute vitesse. Elle vit pour l'aventure. Et même si elle a tendance à régler les problèmes par la force, c'est une amie loyale et fidèle !

Princesse Célestia

Vivant dans son merveilleux château de Canterlot, la princesse Célestia règne sur Équestria. Elle possède des pouvoirs fantastiques ! Elle est bienveillante et sage, et tous les poneys l'admirent. D'ailleurs, elle conseille souvent Twilight Sparkle. On dit qu'elle tient sa sagesse de son âge : elle aurait plus de mille ans !

Princesse Luna

Autrefois, la princesse Luna, la souveraine de la nuit, était très jalouse de sa grande sœur, la princesse Célestia. Elle était devenue si méchante que celle-ci avait été obligée de la bannir mille ans sur la Lune. Heureusement, les deux sœurs se sont réconciliées !

L'entraînement de Fluttershy

Aujourd'hui, Rainbow Dash soumet Fluttershy à un entraînement intensif. Le petit poney doit crier le plus fort possible : « Allez, Rainbow Dash ! » Mais ça n'est pas facile quand on est timide. Il faut pourtant qu'elle y arrive : son amie participe au concours de voltige de Cloudsdale, la plus grande ville dans les nuages d'Équestria, et elle est la seule à pouvoir venir la soutenir. En effet, les autres petits poneys ne peuvent pas marcher sur les nuages, parce qu'ils n'ont pas d'ailes. Ils risqueraient de passer au travers !

— C'est comme ça que tu comptes m'encourager ? s'indigne Rainbow Dash. Plus fort !

— Ouais ! tente de crier Fluttershy de sa toute petite voix.

La pégase décide de lui montrer son numéro de voltige. Normalement, Fluttershy devrait hurler d'admiration devant un tel spectacle…

Phase un : le slalom géant !

D'un coup d'aile, Rainbow Dash se perche sur un nuage puis, après avoir rebondi comme un ressort, elle plonge vers le sol. Le petit poney slalome à toute allure à travers une rangée d'arbres. Elle va si vite que l'herbe et les fleurs se couchent sur son passage. C'est un sans-faute !

— Ouais ! crie tout bas Fluttershy.

— Phase deux ! annonce la pégase.

Plus rapide que l'éclair, elle vole d'un nuage à l'autre en produisant un tel courant d'air que les nuages se mettent à tourner comme des moulins à vent.

— Ouais ! souffle encore Fluttershy.

— Phase trois ! clame Rainbow Dash. L'arc-en-ciel supersonique !

Le petit poney monte très haut dans le ciel, avant de redescendre en piqué. Jambes

en avant, corps aplati, elle va de plus en plus vite. Si vite qu'une énorme goutte d'eau se forme devant elle. Grâce au soleil et à la pluie, un arc-en-ciel va surgir ! Non, raté… Rainbow Dash commence à perdre de la vitesse… Soudain, la goutte d'eau la renvoie en arrière, comme un boomerang. C'est le crash ! La pégase malchanceuse passe au travers de la fenêtre de la bibliothèque où Twilight vient de passer des heures avec ses amies à ranger ses livres. Le choc est si rude que tous les ouvrages retombent des rayonnages…

Le petit poney se relève doucement.

— Désolée pour l'atterrissage !

Puis elle se retourne vers Fluttershy, qui la rejoint au petit trot.

— Cette démonstration était peu convaincante !

— À vrai dire, j'ai trouvé ça bien ! répond gentiment Fluttershy.

— Je ne parlais pas de ma démonstration, mais de la tienne. Tes encouragements étaient nuls !

Une grande magicienne

En apprenant que Rainbow Dash va concourir pour le titre de la pégase la plus rapide d'Équestria, ses amies sont très excitées.

— Ton célèbre arc-en-ciel supersonique est la chose la plus

extraordinaire que j'ai jamais vue ! s'écrie Pinkie Pie. Même si, en fait, je ne l'ai jamais vu…

— Et Rainbow Dash, ici présente, est le seul poney capable de le réaliser ! ajoute Applejack.

La pégase se sent un peu gênée… À vrai dire, elle n'a pas réussi son arc-en-ciel supersonique depuis bien longtemps.

— Le premier prix est une journée avec les Wonderbolts, annonce-t-elle d'un air béat. Une journée tout entière à voler avec mes héros de toujours !

— Ouais ! approuve Fluttershy.

Rainbow Dash soupire.

— Je crois que je vais aller me reposer. Quant à toi, Fluttershy, tu ferais bien de continuer à t'entraîner ! J'ai besoin d'encouragements à la hauteur de mon spectacle exceptionnel…

Une fois les deux pégases parties, Rarity alerte ses amies. Elle a organisé assez de défilés de mode pour savoir quand un petit poney est nerveux. Et Rainbow Dash est très nerveuse !

— On doit lui montrer qu'on est de tout cœur avec elle. Twilight, il faut que tu trouves un moyen pour que nous puissions l'accompagner à Cloudsdale !

La licorne hoche la tête pensivement. Elle connaît un sort permettant aux poneys sans ailes de voler pendant trois jours, mais il est très difficile à réaliser.

— Tu DOIS essayer ! l'encourage Rarity.

— D'accord, mais il me faut un volontaire pour le tester.

Rarity lève la patte et touche son cœur.

— J'accepte ! Pour Rainbow Dash, je ferais n'importe quoi !

Pointant sa corne en direction de son amie, Twilight se concentre de toutes ses forces.

Bientôt, son fluide magique enveloppe la licorne, qui s'élève dans les airs. Puis un éclair éblouissant envahit la pièce. Quand la lumière se dissipe, Rarity vole au-dessus de ses amies grâce à deux grandes ailes de papillon…

chapitre 3

La ville dans les nuages

Le moment est venu pour les petits poneys ailés de s'envoler pour la compétition. En chemin, Rainbow Dash donne ses dernières recommandations à Fluttershy.

— Tu dois prendre de l'assurance et ne pas avoir peur d'élever la voix !

Cloudsdale apparaît enfin. La ville se distingue à peine des nuages avec ses bâtiments tout blancs ! Amorçant leur descente, les deux amies atterrissent bientôt sur le sol duveteux.

Des pégases de toutes les couleurs s'affairent en vue de la préparation du tournoi. Trois d'entre eux regardent les nouvelles venues d'un air moqueur…

— Mais c'est notre vieille amie Rainbow CRASH ! Toujours aussi raté, ton arc-en-ciel supersonique ?

C'est l'occasion ou jamais pour Fluttershy de faire preuve d'assurance !

— Attendez un peu ! Je sais que Rainbow Dash est tout à fait capable de réaliser son arc-en-ciel supersonique !

— Ça m'étonnerait, elle n'a jamais été capable de rien ! répond l'un des pégases.

Alors que le trio s'envole en ricanant. Fluttershy se redresse, très fière de leur avoir tenu tête. Rainbow Dash, elle, n'est plus aussi confiante...

— Je crois qu'ils ont raison. Je ne vais jamais y arriver !

— Écoute, Rainbow Dash, ce n'est pas parce que tu as raté ton arc-en-ciel supersonique des centaines de fois à l'entraînement que tu n'es pas capable de le réussir devant un stade rempli d'une foule de poneys impatients !

Si Fluttershy pensait rassurer Rainbow Dash, c'est loupé !

— Quelle horreur ! Tout le monde va me voir perdre ! Les Wonderbolts ne me laisseront jamais voler avec eux, et la princesse Célestia va me chasser d'Équestria. Ma vie est fichue !

Elle s'effondre en pleurant quand, à cet instant, Fluttershy lève la tête vers le ciel. Elle n'en croit pas ses yeux !

— Rar... Rarity !

La licorne virevolte avec grâce au-dessus d'elles comme un papillon.

— Mes ailes ne sont-elles pas magnifiques ? Je les adore !

De stupeur, Rainbow sèche ses larmes. Et voilà que le reste de la bande arrive en ballon dirigeable !

— Formidable ! Vous êtes toutes venues me voir !

— Évidemment ! répond Pinkie Pie en prenant son élan pour sauter à terre.

— Attention ! crie Rainbow Dash.

Mais Pinkie Pie atterrit sur le nuage sans passer au travers. Elle fait même quelques petites cabrioles. Les autres la rejoignent sans encombre.

— J'ai utilisé un sort qui nous permet de marcher sur les nuages, explique Twilight.

Rainbow Dash a un sourire jusqu'aux oreilles.

— Pour être honnête, je commençais à me sentir nerveuse depuis quelques minutes. Mais ça va beaucoup mieux maintenant que vous êtes là !

chapitre 4

Un succès fou

En attendant le début du concours, Rainbow Dash et Fluttershy font visiter Cloudsdale à leurs amies. Le groupe part en trottant, excepté Rarity, qui les suit en volant. La licorne virevolte dans les airs pour se faire admirer.

— Fais attention à tes ailes ! prévient Twilight. Elles sont faites avec un voile léger et de la rosée du matin. C'est extrêmement fragile !

— Ne t'inquiète pas ! répond Rarity en continuant à parader.

Les petits poneys arrivent à l'usine météo. C'est là que le temps est fabriqué. L'atelier de confection de la neige les intéresse beaucoup.

— Chaque flocon est fait à la main ! explique Rainbow

Dash. C'est une opération très délicate !

Mais à cause des battements d'ailes de Rarity, tous les flocons s'envolent ! Il n'y a pas une minute à perdre : direction la sortie, sinon il n'y aura pas de neige l'hiver prochain !

Les visiteuses rejoignent la fabrique d'arcs-en-ciel. Armés de grandes cuillères, des pégases mélangent soigneusement les couleurs. Curieuse comme une belette, Pinkie Pie trempe sa patte pour goûter… Mauvaise idée !

— Ah ! Ça pique !

— Les arcs-en-ciel ne sont pas faits pour être mangés ! s'esclaffe Rainbow Dash.

Soudain, le petit poney ailé sursaute. Rarity est en train de discuter avec ses ennemis jurés, les trois pégases moqueurs ! Ils lui demandent où elle a trouvé ces ailes incroyables…

Le sang de Rainbow Dash ne fait qu'un tour.

— Rarity ! Pourquoi leur parles-tu ?

— Mais ils admirent simplement mes magnifiques ailes !

Avant de s'envoler, les trois dadais lancent une dernière pique à Rainbow Dash.

— Tu devrais t'offrir des ailes comme celles-là et oublier ton arc-en-ciel supersonique, Rainbow CRASH !

Démoralisée, la pauvre Rainbow Dash baisse la tête.

— Ne les écoute pas ! C'est toi qui vas gagner la compétition, la rassure Fluttershy.

— Tu plaisantes ? gémit le petit poney. Je n'arrive toujours pas à réaliser l'arc-en-ciel supersonique. Et, en plus, mes ailes n'ont rien d'exceptionnel !

Pour tenter de divertir leur amie, le petit groupe décide de visiter la fabrique de nuages. Une nuée de pégases actionne des soufflets pour faire sortir les gros cumulus qui mijotent dans des cuves. En voyant Rarity, tous les ouvriers s'arrêtent de travailler, béats d'admiration.

— N'hésitez surtout pas à faire des photos, minaude la licorne. Ça ne me dérange absolument pas !

Twilight commence à être vraiment agacée.

— Rarity, arrête de faire la maligne avec tes ailes ! Nous sommes là pour aider Rainbow Dash à se détendre !

Mais Rarity est impossible à raisonner. Elle a l'impression d'avoir atteint la beauté suprême. Montant très haut dans le ciel, elle se place devant le soleil. Filtrée à travers ses ailes, une lumière multicolore se reflète sur les nuages… Des cris d'admiration éclatent de toutes parts.

— Tu devrais participer à la compétition, Rarity ! lance une pégase, ébahie par le spectacle.

— C'est une excellente idée ! s'écrie la licorne.

Rainbow Dash n'en croit pas ses oreilles !

— Je n'ai plus aucune chance de gagner, maintenant !

Toutes ses amies la soutiennent. Cette fois-ci, Rarity exagère vraiment !

chapitre 5

Que la meilleure gagne !

L'heure du tournoi est arrivée ! Toute la population de Cloudsdale est rassemblée dans le Palais des Sports. Assises sur des nuages, les supportrices de Rainbow Dash attendent son numéro avec impatience.

Pourtant, dans les coulisses, le petit poney se traîne comme une âme en peine ! Quant à Rarity, des bigoudis sur la crinière et un masque à l'argile sur la figure, elle est occupée à se faire une beauté…

Rainbow Dash jette un coup d'œil dans la salle.

— Veuillez accueillir notre bien-aimée princesse Célestia ! annonce le maître de cérémonie.

Le public pousse des cris de joie. Entourée de ses gardes cuirassés d'or, la licorne ailée descend du ciel, avant de saluer gracieusement la foule.

Puis, c'est au tour des juges de la compétition de faire leur entrée. Telles des fusées, les célèbres Wonderbolts crèvent le ciel en laissant dans leur sillage une nuée d'étoiles. Debout sur leurs nuages, les spectateurs applaudissent à tout rompre.

L'espace d'un instant, Rainbow Dash oublie ses malheurs et sourit, heureuse. Ses héros de toujours sont là !

— Et maintenant, place à notre premier candidat !

Tandis que le pégase numéro un entre en scène, Rainbow Dash s'aperçoit avec horreur qu'elle porte le numéro deux ! Discrètement, elle échange aussitôt son brassard avec celui du candidat numéro cinq. Puis le brassard numéro cinq contre celui du numéro dix, et ainsi de suite…

Mais à présent, il ne reste plus que deux candidats : Rarity et elle ! La licorne sort enfin de sa loge, maquillée, coiffée, pomponnée et parée de plumes de paon, comme un oiseau du paradis.

— Mesdemoiselles ! intervient la responsable chargée de l'organisation en coulisses. Il n'y a plus assez de temps pour deux numéros. Allez-y ensemble !

— Que la meilleure gagne ! clame Rarity, sûre de son succès.

Tandis que la licorne s'élance dans les airs en papillonnant, Rainbow Dash essaie de se rassurer.

— Allez, tu peux le faire !

Phase un : le slalom géant. Le petit poney passe à toute vitesse entre les arbres-nuages. Tout se passe bien… jusqu'au dernier, qu'elle heurte maladroitement.

Phase deux : les moulinets de nuages. Là encore, tout semble fonctionner à merveille… mais elle fait tourner si vite le dernier nuage qu'il fonce sur la princesse Célestia !

De son côté, Rarity monte très haut dans le ciel, se préparant pour le clou de son spectacle. À son tour, Rainbow s'élève dans les airs pour tenter son arc-en-ciel supersonique. Elle sait qu'il s'agit de sa dernière chance ! Très impressionné, le public suit des yeux les deux petits poneys.

— Admire-moi, Équestria ! clame Rarity.

Illuminées par le soleil, les couleurs de ses ailes se reflètent sur les spectateurs, éblouis. Mais la licorne se met à transpirer à grosses gouttes.

Aussi près du soleil, il fait extrêmement chaud. Tellement chaud que ses ailes si fines sont réduites en cendres ! Désormais incapable de voler, Rarity tombe à pic…

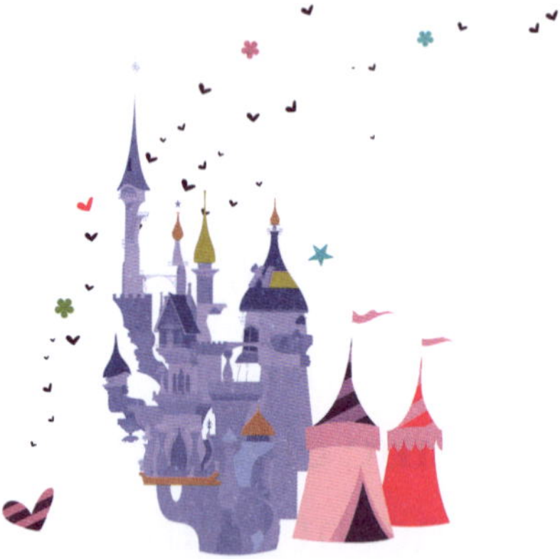

chapitre 6

Un véritable triomphe !

D'un même élan, les Wonderbolts s'élancent pour rattraper l'imprudente licorne. Mais en se débattant dans sa chute, elle leur donne des coups de sabot et les assomme. À leur tour, les célèbres pégases tombent comme des pierres…

— Tiens bon, Rarity ! crie Rainbow Dash.

À toute allure, le courageux petit poney fonce vers son amie. Atteignant une vitesse supersonique, son arc-en-ciel se déclenche enfin !

Fluttershy bondit et rebondit de joie sur son nuage.

— Elle a réussi !

Grâce à son arc-en-ciel, Rainbow Dash parvient à rattraper Rarity et les Wonderbolts. Elle décrit un grand virage au-dessus du public, avant de descendre pour reposer les rescapés. Aussitôt, les Wonderbolts, toujours évanouis, sont emmenés pour être soignés.

La foule acclame Rainbow Dash, tandis que ses amies la rejoignent pour la féliciter… Tout étonné, le petit poney ailé se tourne vers Rarity.

— J'ai réussi !

— Et en plus, tu m'as sauvé la vie… Je suis désolée d'avoir voulu participer à ce concours alors que tu avais tant travaillé. J'espère que tu pourras un jour me pardonner…

Rainbow Dash accepte les excuses de son amie. Après tout, tout est bien qui finit bien ! Elle aurait juste aimé rencontrer les Wonderbolts avant qu'ils ne s'évanouissent.

Mais voilà que quelqu'un lui tape sur l'épaule… Le petit

poney écarquille les yeux. Ses héros de toujours vont bien et ils sont venus la féliciter !

— C'est pas vrai, c'est pas vrai, c'est pas vrai !

— Alors c'est toi qui nous as sauvé la vie ? Nous tenions vraiment à te remercier !

— C'est pas vrai, c'est pas vrai, c'est pas vrai ! ne cesse de répéter Rainbow Dash.

Comble de l'honneur, la princesse Célestia se pose à présent devant elle.

— Pour ton courage et ton formidable arc-en-ciel supersonique, j'ai le plaisir de te remettre la couronne de la meilleure voltigeuse d'Équestria !

— C'est pas vrai, c'est pas vrai, c'est pas vrai !

Puis la princesse Célestia s'adresse à son élève.

— Dis-moi, Twilight Sparkle, cette expérience t'a-t-elle appris quelque chose sur l'amitié ?

— Oh oui, princesse ! Mais je crois que Rarity en a appris encore plus que moi.

La licorne hoche la tête humblement.

— J'ai appris qu'il est important de garder les sabots sur terre et d'être là pour ses amis.

— Parfait ! Je te félicite, Rarity, répond la princesse Célestia.

— C'est vraiment le plus beau jour de ma vie ! s'exclame Rainbow Dash.

Au même moment, ses trois ennemis s'approchent d'elle, tout penauds.

— Rainbow... Dash, félicitations pour ta victoire ! Accepterais-tu de t'entraîner avec nous ? Tu pourrais nous apprendre à faire ton arc-en-ciel supersonique

En guise de réponse, l'heureuse lauréate décolle comme une fusée.

— Désolée les garçons, j'ai d'autres projets...

Et elle rejoint les Wonderbolts qui l'attendent pour une journée tout entière d'aviation !

Fin

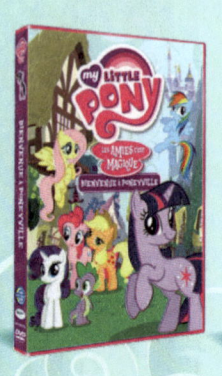

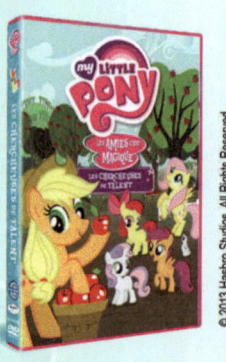

Tu attends avec impatience
de retrouver Twilight et ses amies ?
Découvre vite leur prochaine aventure
dans *La messagère du futur.*

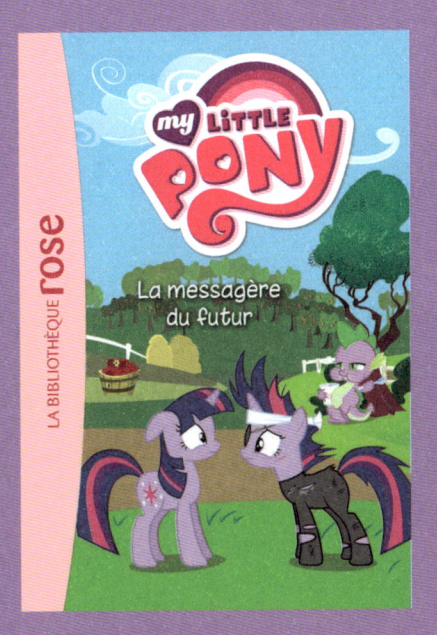

Twilight est dans tous ses états : entre
les sorts à apprendre et ses rendez-vous à préparer,
elle ne sait plus où donner de la tête ! Surtout quand
elle reçoit la visite inattendue... de la Twilight du futur !
Une catastrophe va bientôt se produire et
il faut absolument empêcher ça...

Pour tout savoir sur tes poneys préférés, fonce sur le site :
www.bibliotheque-rose.com

Spike a une excellente nouvelle :
les petits poneys ont d'autres
histoires à partager avec toi !

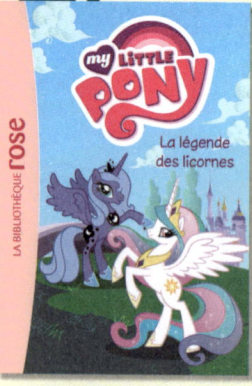

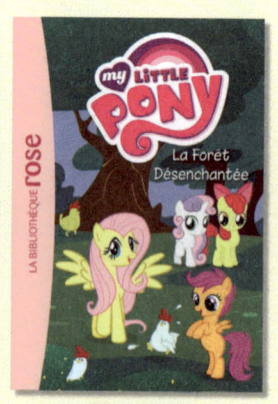

Tome 1 — La légende des licornes

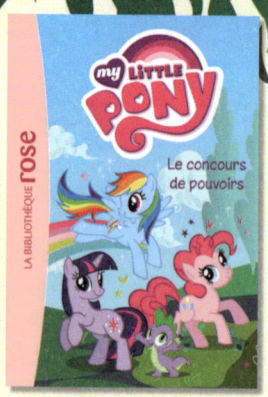

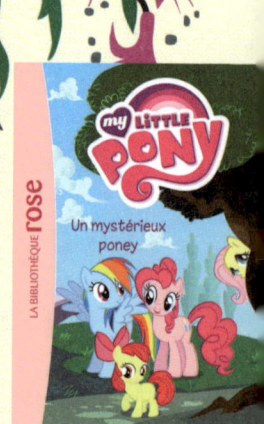

Tome 2 — Le concours de pouvoirs

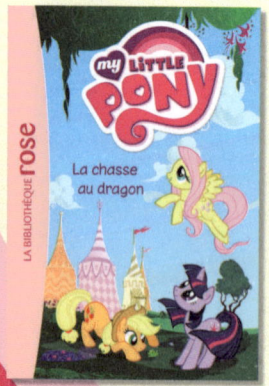

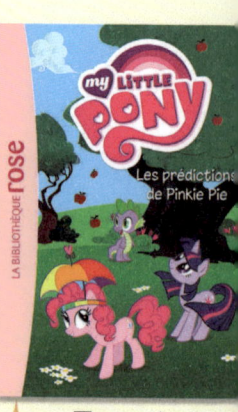

Tome 3 — Un mystérieux poney

Tome 4 — La chasse au dragon

Tome 5 — La Forêt Désenchantée

Tome 6 — Les prédictions de Pinkie Pie

Table

1. L'entraînement de Fluttershy ..9
2. Une grande magicienne 17
3. La ville dans les nuages..........23
4. Un succès fou................................31
5. Que la meilleure gagne ! 41
6. Un véritable triomphe !............51

hachette s'engage pour l'environnement en réduisant l'empreinte carbone de ses livres. Celle de cet exemplaire est de :

250 g éq. CO$_2$
Rendez-vous sur
www.hachette-durable.fr

PAPIER À BASE DE FIBRES CERTIFIÉES

Photogravure Nord Compo - Villeneuve d'Ascq

Imprimé en Espagne par CAYFOSA
Dépôt légal : novembre 2013
Achevé d'imprimer : novembre 2013
20.3942.8/01 – ISBN 978-2-01-203942-1
Loi n° 49956 du 16 juillet 1949
sur les publications destinées à la jeunesse